Adolfo Mazariegos

El Espejo

Adolfo Mazariegos

El Espejo

DuQuets

EL ESPEJO Cuentos
Adolfo Mazariegos

_____

DuQuets

D. R. ©2007 Adolfo Mazariegos
D. R. ©2007 De esta edición:
        Grupo Editorial Evaned
        P. O. Box 15401
        Los Angeles, CA 90015-0401
        U. S. A.

www.duquets.com
www.evaned.com

D. R. ©Grupo Editorial Evaned, S. A.

ISBN 10: 0-615-14732-1

ISBN 13: 978-0-6151-4732-1

Primera edición en DuQuets: Junio, 2007

"Hay cosas que nunca
se podrán explicar con palabras"
JOSÉ SARAMAGO, *El hombre duplicado.*

La carta

Cuando recibí la carta que Sebastián me envió desde Estados Unidos, recordé al profesor Munguía. Uno de los mejores maestros que han tenido a bien compartir conmigo parte de su tiempo y sus conocimientos, y a quien tuve la suerte de conocer hace ya varios años. Uno de esos docentes que pocas veces tenemos la oportunidad de encontrar en el transcurso de nuestra vida estudiantil. Yo apenas iniciaba el bachillerato, él ejercía la docencia desde cinco o seis años atrás. Era un tipo alto y delgado. Solía llevar una barba mal cuidada (no muy tupida pero sí bastante crecida, al estilo Che Guevara) que le hacía lucir bastante mayor de lo que realmente era. Siempre vestía pantalones *caqui* y camisas a cuadros remangadas hasta el codo. Ignoro si vestía así únicamente por que le gustaba o por alguna otra razón que nunca supe. Era dueño de una sonrisa franca, blanca y pareja, y de una mirada que nunca esquivaba los ojos de su interlocutor, aunque éste le estuviése hablando tonterías. Repetía constantemente frases que entonces me sonaban a filosofía barata, pero que con el correr de los años empecé a hacer mías y a compartir con otros, sin percatarme siquiera de ello: "La vida nos conduce por caminos extraños e inesperados, pero siempre nos lleva a algún lugar", decía.

Hoy, buscando otros documentos, he encontrado la carta de Sebastián, misma que daba ya por perdida. Apareció junto a unos libros, fotos y otros papeles poco importantes dentro de una caja de madera que descansaba olvidada desde hace varios meses en una esquina del *garage*. Alguien de mi familia, (ignoro quien) rescató esa vieja caja, y fue precisamente releer esas líneas, lo que me hizo recordar al profesor Munguía y sus frases, que, ahora juzgo acertadas y aplicables al caso de Sebastián. Me permito explicar la razón:

Por muchos años me he sentido afortunado de contar con dos magníficos amigos, a quienes siempre he tenido en muy alta estima. Ambos están ligados a la carta, aunque de manera distinta: uno la escribió y me la envió, el otro, sin proponérselo y sin saberlo, pasó a formar parte de la historia que la carta narra. El primero de ellos, Julio, vive en Palmdale, un suburbio al oeste de Los Angeles, en California. Trabaja en asuntos relacionados con la preparación de impuestos en una importante empresa norteamericana, la cual posee una gran cantidad de oficinas estratégicamente distribuidas por casi todo Estados Unidos, él es gerente de una de esas oficinas en el área donde vive.

El otro es Sebastián, fue quien escribió la carta, vive aquí, en Buenos Aires, a muy pocas calles de donde vivo yo, es con quien he tenido oportunidad de compartir más en los últimos años, dada la cercanía de nuestros mutuos domicilios.

Hace algún tiempo, por motivos de trabajo, Sebastián tuvo que viajar a San Francisco. Pensó que sería buena oportunidad para darse una escapada a Palmdale y visitar a Julio, y de paso conocer Los Angeles, ya que nunca antes había estado en esa ciudad en la que según le habían dicho, es igual encontrarse un armenio, un chino, argentino, mexicano o centroamericano a la vuelta de cualquier esquina, una ciudad donde confluye una gran cantidad de nacionalidades que forma una sociedad multicultural y que se sigue amalgamando día con día.

Sebastián me llamó por teléfono, me dio la noticia de su viaje y me comentó que ya se había puesto de acuerdo con Julio para pasar un par de días en su casa. Ambos estaban contentos por la oportunidad que tendrían de saludarse personalmente y porque podrían ponerse al corriente de los cambios que se habían operado en nuestro círculo de amigos desde que Julio se mudó al ex-

13

tranjero. "No es lo mismo conversar con alguien en persona y explicarle en detalle las cosas (por muy insignificantes que éstas sean), que escribir alguna carta de vez en cuando o enviar alguna tarjeta postal para hacerle saber a nuestros amigos que los recordamos", me dijo ese día Sebastián, y yo asentí.

Julio, Sebastián y yo crecimos juntos, fuimos a la misma escuela durante la niñez, éramos inseparables en la adolescencia, y aún mayores y habiendo formado hogares propios, continuamos frecuentándonos.

Cuando llegó el día del viaje no me fue posible ir al aeropuerto para despedir a mi amigo como era mi deseo, solamente pude llamarlo al teléfono móvil de Claudia, su esposa, para desearle buen viaje minutos antes de que él abordara el avión. Una fiebre repentina hizo imposible que pudiera levantarme de la cama ese día. Me dolía todo el cuerpo y casi no podía dar paso por la debilidad y el cansancio que me producía. El médico vino a verme y dijo que aquello era dengue, que con el tratamiento adecuado y unos días de reposo no pasaría a más, pronto estaría bien. Me recetó algún medicamento y se marchó cargando su viejo maletín negro de cuero, como los que solían usar los galenos de antaño. No recuerdo que haya dicho si la enfermedad era contagiosa, pero a juzgar por la rapidez con que se marchó, supuse que lo era. Ahora sé que es una enfermedad de origen vírico, análoga a la gripe.

Varios días después, cuando me hube recuperado, recibí una carta urgente de Sebastián. Parecía haberla escrito con cierto descuido y con apuro, o en un momento de bastante nerviosismo en todo caso, aunque narraba con suficiente claridad lo ocurrido, por muy inverosímil que aquello resultara. Decía seguir en Estados Unidos. La transcribiré aquí omitiendo el saludo inicial que en este momento resulta realmente irrelevante:

«Querido amigo... Te escribo éstas líneas para contarte que estoy en Los Angeles… No sé si hago bien o mal, pero esto que te voy a contar no se lo he contado a Claudia, no deseo preocuparla, ya sabes como es ella, así que por favor, que sea un secreto por el momento, por lo menos hasta que vuelva a Buenos Aires.

Desde mi llegada a San Francisco hasta hace pocos días, todo había transcurrido con normalidad, no obstante, de forma inesperada e inexplicable, me he visto involucrado en un incidente que aún me tiene desconcertado. Te envío esta carta justamente para relatarte lo ocurrido, ya que por momentos creo que lo estoy soñando:

Llegué sin novedad, como estaba previsto. Los asuntos de

trabajo que vine a realizar están casi concluidos. Hasta tuve tiempo en un principio de ir comprando algunos regalos y recuerdos para no hacerlo en el último momento, cuando ya tenga que regresar a Argentina. Aunque siendo honesto, ahora no sé cuándo me permitirán abandonar el país, asumo que será cuando concluyan las investigaciones.

Hace pocos días compré un boleto de avión para volar de San Francisco a Los Angeles, Julio me sugirió que hiciera coincidir la fecha con la de la inauguración de la exposición *Los Tesoros del Rey Tutankhamen* en el Museo Lacma, ya que no todos los días se tiene la oportunidad de asistir a una exposición como esa, es más, Julio ya había comprado un par de boletos para que asistiéramos.

El vuelo de San Francisco a Los Angeles fue corto y cómodo, ni siquiera me percaté de cuánto tardamos en arribar al aeropuerto LAX.

Al salir de la terminal y recoger mi maleta, abordé un taxi que me llevó algunas cuadras hasta *Century Boulevard*, no muy lejos, en un área de hoteles. Allí renté un auto y compré un par de mapas para conducir hasta Palmdale. Creí que sería fácil. Además, tenía las indicaciones que Julio me había dado para llegar sin problemas a su casa.

No deseo aburrirte contándote todos los detalles de lo que hice y lo que vi mientras conduje, así que me limitaré a referirte lo que sucedió cuando por fin, después de andar conduciendo durante varias horas, logré encontrar la autopista 14. Tomé inicialmente la autopista 405, la cual conecta con la interestatal 5, de la que se desprende la autopista 14, ésta comienza en un lugar llamado Valle del Antílope, un área medio desértica que lleva a suburbios de Lancaster, Palmdale y otros lugares cercanos. Es una autopista con tramos relativamente nuevos y bien señalizada a decir verdad, desde la cual yo tenía que encontrar una salida que debía conducirme a *Sierra Avenue*, una avenida que estaría a unos veinte o veinticinco minutos más de camino. No obstante, por mi obvio desconocimiento de los alrededores y por un error que luego lamentaría, tomé la salida *Sierra Highway,* asumiendo que era la misma *"Sierra"* que yo buscaba. No era así.

Julio me había dicho que una vez tomada esa avenida, podría encontrar fácilmente las calles que me llevarían hasta su casa, lo que no me llevaría más de diez o quince minutos. Sin embargo, había transcurrido ya media hora desde el momento en que abandoné la autopista. Las indicaciones que él me había dado parecían no estar en lo correcto (o como era más probable, yo estaba muy equivocado). Por ningún lado aparecían los puntos de referencia que supuestamente harían más fácil mi orientación, pero seguí adelante. Pocos minutos después, sin percatarme, aquel amplio y moderno boulevard de dos carriles por lado, se convirtió en una calle con únicamente dos vías: una de ida y otra de regreso. Las casas se fueron haciendo cada vez más escasas, hasta que no hubo ninguna. La carretera se hizo angosta y rural, pude verla desaparecer ante mis ojos, serpenteando entre las montañas cercanas. Pensé detenerme para preguntarle a alguien o buscar algún teléfono público para llamar a Julio, pero ni una ni otra cosa apareció en el camino. Tenía entonces dos opciones: regresar por donde había venido hasta encontrar la autopista y desde ahí reiniciar nuevamente la búsqueda de la avenida, (con lo cual perdería minutos que ya eran escasos a mis propósitos), o arriesgarme y seguir adelante para descubrir hasta dónde me llevaría aquella carretera ahora convertida en un desolado y polvoriento camino de terracería. Aún dudando, opté por la segunda, creyendo que pronto encontraría una salida.

Uno o dos kilómetros adelante, el motor del auto empezó a sobrecalentarse, la aguja del medidor de temperatura subió abruptamente y un humillo blanco se dejó ver saliendo por la parte del frente. Me pareció muy extraño, el auto era nuevo y cuando me lo entregaron en la oficina donde lo renté, me garantizaron que no tendría ningún problema, que estaba en perfectas condiciones. He de confesarte que me alarmé un poco al sentirme en medio de la nada, sin teléfono y sin prospectos de auxilio. Aquella idea de llegar a casa de Julio por mis propios medios empezaba a parecerme descabellada, absurda, sobre todo porque él se había ofrecido para ir por mí al aeropuerto, lo cual juzgué una molestia innecesaria de su parte dado que para él era un día laboral, además, cuán sencillo habría sido, en todo caso, buscar un café internet en las cercanías del aeropuerto e imprimir un mapa detallado con todas las indicaciones correspondientes y evitarme tanto contratiempo y sobresalto.

A lo lejos, lo que parecía ser un viejo restaurante, se convirtió de pronto en mi oasis de salvación (al menos eso creí). Un sonido, especie de borboteo, como de jarrilla hirviendo, salía del motor del auto cuando me detuve y lo apagué, justo enfrente de aquel lugar.

El sitio estaba desierto, abandonado, parecía como sacado de una vieja película de vaqueros. Hasta tenía en la entrada un par de esas pequeñas puertas dobles con resorte que cuando uno entra las empuja y vuelven solas violentamente a su posición original, como en las cantinas de esos filmes con historias al estilo viejo oeste. Destapé el motor del carro para ayudar a que se enfriara más rápidamente y me dispuse a buscar un poco de agua.

—*What do you want?* —dijo inesperadamente una voz femenina a mis espaldas mientras me remangaba la camisa.

Me di la vuelta. Una anciana hirsuta había salido quién sabe de dónde, mascaba algo que supuse tabaco y me apuntaba con un curioso rifle de cañón muy delgado que hasta parecía de juguete.

Me quedé frío.

—¿Me puede regalar un poco de agua?— Pregunté nervioso.

—*What do you want?* —repitió la anciana, molesta, escupiendo el tabaco, cortando cartucho y levantando un poco más el arma en dirección a mí.

Instintivamente levanté las manos y empecé a chapurrear un inglés entrecortado:

—*So...Sorry, sorry. I just need some water. My car…* — Volví la vista en dirección al auto, sin bajar las manos, tratando de que ella supiera la razón de mi presencia en el lugar.

No recuerdo exactamente lo que me contestó, pero pude entender que dijo algo como: «¿Qué diablos es eso?», lo cual no dejó de sorprenderme.

No supe qué decir. En un intento por parecer amigable y cortés, dí un paso al frente y extendí la mano derecha para saludarla, (craso error). Una pequeña lengua de fuego salió por el cañón del arma y me hizo perder el equilibrio, provocando que cayera de espaldas. Una leve sensación, mezcla de dolor y escozor se incrustó inesperadamente en mi hombro izquierdo. Con la mano que segundos antes le había ofrecido a la anciana me toqué la herida caliente, empezaba a sangrar. Me incorporé trabajosamente mientras escuchaba el sonido del arma cuya propietaria volvía a cortar cartucho. Pude sentir cómo perdía todo control sobre mi vejiga que había venido presionada desde varias horas atrás. Un calorcillo húmedo recorrió rápidamente mis piernas hasta mojar levemente mis zapatos.

—Lárguese de aquí —entendí que dijo.

Salí corriendo de aquel lugar, dejando atrás el auto y las cosas que llevaba. Otro disparo sonó, pero no alcanzó a darme. Pude escuchar a la anciana gritando lo que parecían ser maldiciones y repitiéndolas una y otra vez. Corrí, corrí sin detenerme hasta que los pies me dolieron y no pude dar un paso más. Me sentí extrañamente mareado, fue cuando me desmayé, a la orilla de aquel polvoriento camino.

Hoy he despertado por segundo día consecutivo en la cama de un hospital, me han extraído una bala del hombro y tengo algunas contusiones leves en la cara, debí ocasionármelas al caer desmayado, nada serio, es más, mi condición ya no amerita que esté internado, pero me ha comunicado muy temprano un oficial de policía (latino pero con una muy mala pronunciación del español) que aún no me dan de alta debido a las circunstancias: Se me acusa de robar un auto (el que renté), mismo que todavía no ha podido ser localizado, además, mi herida ha llamado especial atención de las autoridades.

Al enterarme de esto que te estoy contando, le he pedido a una enfermera que me consiguiera papel y una pluma para escribirte esta carta, luego le pediré que me ayude nuevamente poniéndola en el correo, si es que no puedo hacerlo yo mismo.

Ayer por la mañana, poco después de comer el panecillo con mermelada que me dieron de desayuno y sin saber cómo he llegado hasta aquí, me permitieron hacer una llamada telefónica, llamé a Julio para contarle lo sucedido y para pedirle ayuda, vino pronto a verme, de hecho, ha venido ya varias veces. La primera vez, le narré todo lo que pude recordar, prometió dar aviso al consulado para solicitar apoyo ante cualquier eventualidad, así como buscar el auto para devolverlo a la compañía que me lo rentó. Sin embargo, hoy vino nuevamente y me aseguró haber recorrido sin éxito, una y otra vez, la misma calle que yo le indiqué. No ha localizado el restaurante abandonado donde sucedió todo, aparentemente no existe. La calle, dice, no es como yo se la he descrito. Me ha pedido que trate de recordar por si acaso me hubiera confundido en la descripción de los hechos y lugares, pero estoy seguro de lo que viví, no estoy loco. Como si fuera poco, el médico que me atendió ha venido nuevamente a preguntarme —por quinta o sexta vez— cómo pudo llegar hasta mi hombro una bala que según le informó la policía, dejó de fabricarse hace más de un siglo».

La mujer congelada

Puede que convenga, antes que nada, hacerte notar que estoy consciente de que muy probablemente no vas a creer lo que voy a contarte —le dije a mi hermano, quien también conocía a Sam, aunque no era tan amigo suyo como yo—, no es algo común de escuchar, es más, no me molestaría si pensaras que lo estoy inventando. Yo mismo me resistí a creerlo en un principio, pero te garantizo que tan sólo estoy repitiendo lo que Sam me contó aquella tarde (y tengo mis razones para no dudar de su palabra).

Me llamó por teléfono rozando el medio día, se escuchaba nervioso y un tanto agitado, rápidamente intuí que algo le sucedía. Le pregunté qué pasaba pero me contestó que no quería contarme por teléfono, que prefería hablarme de ello personalmente. Acordamos entonces reunirnos esa misma tarde en aquel pequeño *Starbucks* que solíamos frecuentar en el Boulevard Atlántic, cerca de la avenida Garvey, en el área de

Monterey Park.

Sam llegó antes que yo. Estaba sentado en una de las mesitas del fondo y bebía café en uno de esos vasos descartables con tapadera que usan hoy día en los cafés modernos. Llamó mi atención verlo bebiendo café, dado que por costumbre él suele tomar té, como la mayoría de chinos que conozco, y en eso, él hace honor a su origen asiático. Tenía el semblante de quien no ha dormido bien.

—Que bueno que llegaste—, dijo agradecido al verme —tengo que contarle esto a alguien de confianza sin que me crean loco.

Ordené un *mocha frapuccino* y me senté a escuchar a mi amigo, éste, comenzó a hablar de inmediato:

«Anoche —empezó a narrar— me llevé el susto más grande de mi vida. Al llegar a casa me dirigí a la cocina, puse a calentar agua para el té y coloqué una taza sobre la mesa, luego me dirigí al cuarto de baño (normalmente voy al cuarto de baño antes, luego pongo a calentar agua para el té), súbitamente, un frío extraño recorrió mi espalda al tocar la manija de la puerta, la giré despacio y abrí, pero no entré, me quedé en el umbral. El cuarto de baño estaba oscuro y helado, un olor extraño muy desagrada-

28

ble venía desde adentro. Tuve la impresión de que alguien me observaba desde la oscuridad, en total quietud, como aguardando el momento en que yo entrara a lavarme las manos y la cara como lo hago siempre. Extendí la mano palpando la pared para alcanzar el interruptor de la luz y lo accioné varias veces, la luz no encendió, supuse que la bombilla se habría quemado. Regresé a la cocina para buscar la linterna que guardo en el cajón del fondo, ese que está incrustado en la pared, cerca del refrigerador; la tomé y volví al cuarto de baño. Pude sentir nuevamente aquella presencia helada que sentí cuando abrí la puerta segundos antes, la percibí incluso sin haber entrado.

Abrí la puerta completamente y encendí la linterna, la luz con que alumbró no fue muy fuerte, pero de algo sirvió, las pilas debían estar ya muy gastadas. A simple vista no se veía nada extraño, no obstante, intuí que algo había detrás de la cortina plástica que cubre el área de la bañera, esa horrible cortina de grandes rombos azules y amarillos que compré por emergencia hace tan sólo unos días. No sabía qué era, pero esa sensación de estar próximo al encuentro de algo desconocido aceleró repentinamente mi corazón, mi respiración se agitó y una enorme gota de sudor helado recorrió mi frente. Avancé hacia el interior muy despacio. En un principio temí que algún ladrón hubiera logrado entrar por la ventanita que da a la terraza, luego recordé que esa ventana está protegida por un balcón de hierro que haría muy complicada la tarea *ladronesca*. Aún dudando, con temor, avancé hasta aquella desagradable cortina, la vi y volví a dudar, hasta estuve a punto de ir a la sala para llamar a la policía por teléfono, pero me contuve, me armé de valor y la descorrí violentamente, lo que vi me dejó perplejo, paralizado, sin habla y sin respiración. A pesar de la poca luz con que la linterna alumbraba el interior del cuarto de baño, pude ver perfectamente aquello: un enorme cubo de hielo que cubría por completo la bañera y en cuyo interior había una mujer congelada que parecía observarme y seguir mis movimientos a cada paso, amenazante, con esos grandes ojos azules y desorbitados que ahora veo en todas partes y a cada instante. No parecía ser muy vieja, hasta me atrevería a decir que no fue fea mientras vivió, pero esa desnudez tan pálida y esa expresión de terror en su rostro es lo que más me ha mortificado. Casualmente, su cara fue lo primero que alumbré con la linterna al descorrer la cortina. Me he preguntado una y otra vez quién era esa mujer y de dónde pudo haber salido. Y lo que es más, cómo llegó a mi cuarto de baño en ese gigantesco cubo de hielo, es imposible que haya pasado por la puerta.

No he dormido nada desde ayer, toda la noche la pasé en la

calle, vagando, sin saber que hacer, sin dar crédito a lo que está en mi casa. ¡No se cómo eso fue a parar ahí! Lo peor es que hoy por la mañana, cuando regresé, el hielo había empezado a derretirse, se derrite rápidamente. Sé que es extraño, pero se derrite de forma muy acelerada. Tienes que verla. Tienes que ayudarme, no sé que hacer... Por favor».

Ante la desesperación de mi amigo y ante su insistencia, no pude menos que aceptar acompañarlo hasta su casa para ver aquello. El vivía entonces en la *Avenida Sastre,* no muy lejos de donde estábamos. Llegamos en pocos minutos.

Como te comenté antes, en un principio me negué a creer lo que Sam me contó, pero él no bromeaba, el tono de su voz y el semblante que tenía me decían que hablaba con la verdad, él no estaba inventando aquella historia.

Al bajar del auto, Sam caminó delante de mí. Visiblemente afectado y temeroso abrió la puerta de entrada, yo le seguí de cerca hasta el interior de la sala. Al entrar, el olor que poco antes me había descrito se dejó sentir con fuerza, instintivamente me llevé la mano a la cara para cubrirme la nariz. Seguimos caminando hasta llegar al pasillo, allí me percaté de un agua rojiza que cubría el suelo —es el agua del hielo que se ha derretido —me dijo, señalando la parte inferior de la puerta del cuarto de baño. Se detuvo, me miró y me pidió que pasara primero, así lo hice. Abrí la puerta sin dejar de cubrirme la nariz con la mano y miré hacia el interior, inmediatamente me di la vuelta y regresé a la sala para evitar vomitar. Sam y yo salimos de la casa deprisa. La mujer congelada ya no estaba, pero el hielo se había derretido completamente mezclándose con una masa humana, putrefacta y sanguinolenta que ahora estaba en el piso y de la que sobresalían dos enormes ojos azules.

Ojos de cuervo

El abogado salió del preventivo con un semblante de notable contrariedad. Incrédulo y molesto porque sintió que el joven Villafañe le estaba tomando el pelo, a pesar de que él le había pedido que relatara los hechos con sumo cuidado y con veracidad. "Este muchacho quiere verme la cara, o se ha vuelto loco", pensó, pero no se lo dijo. Le ofreció revisar su caso ese mismo día y salió de aquel lugar, guardando en su portafolio unas pocas notas que había escrito durante la conversación. Ya en la calle, subió a su automóvil rápidamente y aceleró tratando de alejarse de aquel sitio.

—Me han traído detenido y me acusan de algo que no hice —, le había dicho Villafañe cuando comenzó a narrarle lo sucedido —, le juro que soy inocente:

«Todo comenzó aquel día cuando Quirós me invitó a pasar el fin de semana en el chalet vacacional de sus padres, está en

Torremolinos, más o menos a hora y media o dos horas de aquí. Su familia se encontraba de viaje y el chalet estaba a su total disposición. Me llamó el viernes por la noche y me hizo la invitación, luego me pidió que al día siguiente llegara temprano para aprovechar el tiempo. Tendríamos que viajar en autos diferentes, ya que él estaba en Santa Lucía y yo aquí en Ciudad Guatemala. Ofrecí desviarme y pasar trayéndolo, pero no aceptó, no podía dejar su vehículo en Santa Lucía (fue lo que me dijo). Comeríamos una buena carne asada para el almuerzo y por la tarde podríamos recorrer los alrededores o ir a la playa, que está a unos quince o veinte minutos del chalet.

A la mañana siguiente, metí unas cuantas cosas en una pequeña maleta y partí. Pasé comprando cerveza para acompañar la comida y luego conduje sin volver a detenerme hasta llegar a Torremolinos. Ya en el chalet, mi teléfono móvil sonó repetidamente, era Quirós, se disculpaba por no estar allí, pero algo de último momento lo había entretenido inevitablemente en Guatemala. "Pensé que estabas en Santa Lucía" le dije un tanto extrañado. Me explicó que después de haberme hecho la invitación, había regresado a Guatemala y que no me había avisado por ser casi de madrugada. "Entrá y acomodáte" me dijo.

"Hoy no está don Lalo, pero encontrarás la llave bajo la maceta que está en la entrada. Hay comida en el *refri*, por si acaso". Ofreció llegar en un par de horas y colgó. Yo entré y llevé la cerveza al refrigerador de la cocina, luego regresé a la sala de visitas para decidir qué hacer mientras Quirós llegaba.

Mi maleta aún estaba en el auto, pensé traerla y luego salir a caminar un rato para hacer tiempo, pero me arrepentí, afuera hacía demasiado calor y preferí ver la televisión en espera de que el sol bajara, entonces me encaminé a la sala familiar que dá al jardín, en la parte trasera de la casa. Es una sala pequeña pero tiene una ventana grande por la que entra bastante luz y por la que puede verse casi todo el campo y los árboles frutales y palmeras del bosquecillo cercano. Creo que sería poco más de medio día porque al encender el televisor, aún estaba el noticiero de las doce.

Mientras veía las noticias, me percaté de que al lado izquierdo, sobre una chimenea (que es más bien decorativa, construida como un capricho familiar ya que nunca ha sido utilizada por estar dentro de una casa en tierra caliente), había una panoplia con una escopeta que no había visto en mis anteriores visitas al chalet, una escopeta nueva y cromada. Sin pensarlo, me levanté del sillón en el que me encontraba y descolgué el arma de la pared para poder apreciarla. Estaba seguro, nunca antes la había visto, aunque sabiendo de la afición familiar por la pesca y la cacería, no me extrañaba la nueva adquisición, seguramente era de don José Quiróz, el padre de mi amigo. La retorné a su lugar después de admirarla y regresé al sillón para continuar viendo la televisión. Rápidamente el aburrimiento y el calor me hicieron caer en una pesada modorra a la que no opuse ninguna resistencia. Quedé dormido muy pronto. Tuve entonces un extraño sueño: Yo me encontraba de pie junto a la ventana de la sala, viendo hacia el bosquecillo de árboles frutales. El televisor estaba encendido pero no estaba sintonizado en ningún canal específico, se veían únicamente puntos y rayas, millones de puntos negros y blancos que recorrían la pantalla a gran velocidad de un lado a otro, puntos y rayas que no se detenían ni por un segundo y en ningún lugar. La ventana estaba abierta, las delgadas cortinas de encaje blanco se movían suavemente al ritmo del viento que entraba refrescando la tarde y golpeando mi sudorosa cara agradecida. Desde lejos vi volar un enorme cuervo, negro y brillante. ¿Cuervos por aquí?, me pregunté. Se posó en la punta del cocotero más alto que mis ojos alcanzaban a distinguir en el bosquecillo. Lo vi mecerse al compás del viento que silbaba y que hacía bailar las ramas de los árboles rítmicamente. Sacudió las alas y volvió la cabeza hacia la ventana. No sé cómo, pero pude distinguir, a pesar de la distancia, aquellos ojos que me veían y me decían algo, no se qué, pero algo me decían. Me quedé perplejo y absorto viendo aquello por unos instantes. De pronto, desde la nada, el sonido de un disparo rompió el aire. El tiempo en ese instante pareció transcurrir más despacio, como en cámara lenta. Pude ver al cuervo caer por entre las ramas de los árboles, dando tumbos hasta desaparecer en el espesor de la hierba. Traté de distinguir de dónde había salido el disparo, pero no lo conseguí. Entonces desperté, con el pulso acelerado y envuelto en un sudor espeso y frío. La boca amarga y pastosa. Firmemente aferrado a los brazos del sillón, recorrí la sala con la vista. La ventana estaba abierta de par en par. Sobre la chimenea la escopeta cromada había desaparecido, (por eso me apresaron, porque encontraron mis huellas en el arma, pero yo sólo la descolgué de su sitio unos instantes para verla, juro que nunca la accioné). Corrí a la ventana y salte al exterior sin saber por qué. Corrí tan rápido como pude, tratando de llegar al bosquecillo y luego buscando cerca del cocotero que acababa de ver en sueños, era el mismo. Busqué afanosamente. Pocos segundos después, encontré el cuerpo de Quirós que yacía en la hierba, desnudo y herido, temblando convulsivamente.

Me acerqué y lo tomé de la mano. Parecía querer decirme algo, pero no logró articular palabra alguna. Su mirada buscó la mía ávidamente. Fue cuando descubrí aquellos ojos de cuervo que ya había visto antes. Quirós me miró y sonrió, y dejó de temblar».

La despedida

En un principio él no comprendió por qué ella lo había citado en un lugar tan remoto. Lo llamó por teléfono y dejó un breve mensaje en la grabadora mientras él aún estaba en la oficina. Le pedía que no faltara, que probablemente no volvieran a verse si no llegaba. A la par del teléfono había una hoja de papel con algunas indicaciones de cómo llegar al lugar, él no había visto la nota antes, pero en el mensaje, ella le aseguró que la había puesto allí dos días atrás, cuando dejó el apartamento.

El día que la conoció, ella llevaba un sencillo vestido blanco, no muy largo. Su rubia cabellera flotaba al viento y sus ojos profundamente azules parecían haberse robado la inmensidad del cielo. —Me permite—, preguntó, y se sentó a su lado en aquella vieja banca del *Griffit Park*. Él se sintió inexplicablemente nervioso ante su presencia. Ella tenía el rostro más angelical que él jamás había visto o esperado ver, piel hermosa y rosada y unas manos suaves, pequeñas y delicadas como párvulas flores de primavera.

Al escuchar su voz en la grabadora sintió confusión, si bien en alguna ocasión le había mencionado que pronto tendría que hacer un viaje, jamás le hizo saber la razón o el destino del mismo —eso es lo de menos, pero prometo que lo sabrás —le dijo, nada más. Ese día, él la escuchó como se suele escuchar la lluvia, sin prestarle mucha atención.

Tomó las llaves del auto y salió presuroso, tenía que estar en aquel lugar antes de las ocho. Eran casi las cinco, aún había tiempo, pero si no se daba prisa, el tráfico de la tarde haría imposible que llegara a la hora que ella le había pedido. La autopista 5 suele congestionarse mucho, especialmente después de las cuatro y *Pyramid Lake* estaba a poco más de dos horas de viaje, (sin tráfico).

Salió desde la San Marino y luego condujo por toda la avenida Vermont hacia el norte, llegó a *Los Feliz* y dio vuelta a la derecha para buscar la autopista que lleva a Sacramento. Nunca antes había conducido por ese rumbo, alejándose así de la ciudad. Sus conocimientos de las rutas locales se limitaban a recorrer el centro y algunos sitios aledaños, cuando tenía necesidad de viajar más lejos, utilizaba el servicio de trenes o autobuses, o en su defecto, prefería que alguien más llevara el volante de su carro. Estaba nervioso. Bajó la ventanilla y encendió un cigarrillo, pudo ver el humo que parecía salir presuroso del auto, diluyéndose y desapareciendo rápidamente. Recordó que a ella no le gustaba que fumara, siempre decía que fumar acabaría matándolo, por eso tenía que salir a la terraza cada vez que quería fumar un cigarrillo, y al terminarlo, entrar corriendo a lavarse para que ella no sintiera el olor a tabaco que le era tan desagradable. Puso la radio a sonar, pero no encontró nada que le agradara, pulsó *play* en el tocadiscos para escuchar nuevamente el disco compacto de aquel clarinetista famoso (que por apellido suele usar solamente una G), aquel disco que ella le obsequió sabiendo que a él le gustaba la canción Habana en su versión *remix*. Esa canción que fue tema de discusión entre ambos en más de una ocasión: ella le aseguraba haber visto escrito el nombre de la capital cubana *Havana*, pero él insistía en que la manera correcta de escribirlo era: Habana. En el fondo, ahora sabía que lo había hecho solamente para dejarle alguna anécdota que recordar, aunque «¿cómo se puede olvidar a alguien a quien has visto partir de esa manera?», se preguntó a si mismo luego, cuando todo acabó.

El tráfico se iba haciendo más pesado a cada instante, y la

tarde empezó a mostrar a lo lejos una extraña mezcla de colores anaranjados. Él comenzó a impacientarse, había recorrido (según lo calculaba), suficientes millas como para encontrar el letrero que le indicaría la desviación hacia el lago. La carretera subía constantemente y rara vez bajaba o se mantenía horizontal, temía que la noche llegara y no le permitiera ver la desviación. "Cierto es que aquí, en verano, la oscuridad suele llegar después de las siete treinta u ocho, y a veces un poco más tarde", se consoló. Pero al mismo tiempo pensaba que había conducido ya más de dos horas y pronto empezaría a oscurecer, lo que aumentaba su nerviosismo. Encendió el último cigarrillo que le quedaba y siguió conduciendo. Finalmente, el letrero que buscaba apareció: *Pyramid Lake next exit.* No había tiempo que perder, si no tomaba esa salida, tendría que recorrer muchos kilómetros antes de encontrar la forma de regresar. Tomó la desviación sin pensarlo y recorrió aquella angosta carretera sin pavimento, bajando la colina. Pronto se dio cuenta que no podría seguir con aquel auto, necesitaría más bien, uno de doble tracción, dadas las condiciones del terreno. De haber continuado, con toda seguridad no habría podido salir de allí. Dejó el vehículo en el camino y continuó descendiendo a pie. En pocos minutos llegó al lago. En la orilla, unos viejos maderos hacían las veces de un pequeño muelle. Allí estaba ella, esperándolo, con aquel vestido blanco y con su rubia cabellera flotando al viento. El lugar no era un sitio para turistas, era más bien una reserva natural a la que nunca llegaba nadie y a la que estaba prohibido el acceso, según rezaba un oxidado rótulo de color blanco que colgaba de unas mallas metálicas con muy poco mantenimiento, ella y él eran los únicos allí esa tarde.

—Sabía que vendrías —dijo al verlo llegar. Y lo abrazó.

—¿Cómo has llegado hasta aquí? —preguntó él. Además de su auto en el camino, no había ningún otro medio de transporte visible en los alrededores.

—Eso no importa. Ven, no hay mucho tiempo.

Lo tomó de la mano y juntos subieron a un pequeño bote de remos que estaba cerca. Ella le pidió que remara y que no se detuviera hasta llegar al centro del lago, así lo hizo. No cruzaron palabra durante el trayecto. El bote se mecía suavemente de un lado a otro y en la montaña cercana se podía distinguir aquella extraña figura que le daba nombre al lugar: una difusa pirámide cuya procedencia sería arriesgado precisar. No se sabe si es una formación natural o una creación humana. Nadie se ha aventurado a realizar una investigación científica al respecto, aunque no ha faltado alguien que al verla desde lejos, en la carretera, diga medio en broma medio en serio, que fue creada por seres de otro planeta.

—Ha llegado el momento de irme —dijo ella finalmente, poniéndose de pie. El bote se bamboleó.

Por un instante, él pensó que ella se había vuelto loca y que pensaba suicidarse.

—¿De qué estás hablando? —le preguntó, pero ella no contestó. Se acercó para darle un beso y lo estrechó contra si. Él continuaba sentado y cerró los ojos, sintió como si una leve brisa golpeara suavemente su rostro y mágicamente lo hipnotizara. No supo cuánto tiempo estuvo así. Cuando reaccionó, ella se había lanzado al agua. Él, aún alcanzó a distinguir el blanco de su vestido desapareciendo en la profunda oscuridad del lago. Desesperado y con una angustia que jamás había conocido, la llamó, gritó su nombre y se lanzó en su busca, pero antes de poder zambullirse, una esfera de luz muy blanca y brillante salió del agua y se posó en el aire unos segundos, a no mucha altura. Entonces él, maravillado, sin decir o escuchar palabra alguna, comprendió porqué lo había citado en aquel lugar tan remoto para despedirse.

Flotando en aquella agua helada y oscura observó la esfera levitar. Se resignó. Finalmente la vio desaparecer cual estrella fugaz, alejándose con rapidez y perdiéndose en la oscuridad de la noche que ya había caído sobre sus hombros.

El espejo

Daniel se levantó temprano y se duchó deprisa, como de costumbre, a pesar de haber estado de juerga hasta pasada la media noche del día anterior con aquel célebre grupúsculo de *camaradas neorrevolucionarios* en que se habían convertido él y sus amigos universitarios desde que empezaron a formar el partido político estudiantil que les ocupaba. Aquella noche, juntos habían estado bebiendo lo que habían dado en llamar *bebida espirituosa*, cerveza bien fría que generalmente —quién sabe por qué razón— viene en envases de vidrio café, (algunas veces en envases verdes o transparentes). Ellos preferían envase de un litro, —para que abunde —decían.

Se habían reunido, como cada viernes, en aquel bar mal llamado El Tronco, a pocos pasos del periférico y muy cerca a la salida de la universidad. Allí solían escuchar a la banda del lugar que cada fin de semana, después de las diez de la noche, interpretaba rock español y argentino (y a veces hasta una que otra canción en un bastante mal pronunciado inglés).

Después de la ducha, Daniel buscó la espuma de afeitar y una de las rasuradoras descartables nuevas que había colocado un par de días antes en el botiquín del cuarto de baño. Abrió uno de los grifos del lavabo y observó cómo el agua empezó a caer, tibia, chocando rítmicamente contra la porcelana. Mojó su cara y comenzó a esparcir la espuma de afeitar por toda la barba. No deseaba ir a trabajar, lo tenía claro. El efecto de la resaca hacía estragos en él y hasta le había hecho olvidar que horas antes, en la madrugada, cuando Paco lo llevaba a casa en su Toyota blanco, —que bien pudo haber sido Ford, Datsun, Subaru o cualquier otra marca, que de todas formas lo habrían visto igual, dado el estado etílico en que se encontraban—, tuvo que abrir apresuradamente la ventanilla del asiento trasero en el que viajaba, para ver escapar con el más grande dolor de su corazón, la mitad de su vida, dejando una alfombra húmeda, pastosa y maloliente por un considerable tramo de la (a esa hora desolada) Avenida Petapa.

Daniel se sentía tan mal que hasta pensó llamar a la oficina inventando alguna excusa para quedarse en casa. —Podría decir que amanecí enfermo o que surgió alguna emergencia —pensó —la gente siempre inventa excusas para no ir a trabajar. Me gustaría desaparecer y olvidarme del mundo y de este maldito dolor de cabeza, una semana cuando menos, de todos modos hoy sólo tengo que trabajar medio día.

Terminó de cubrir su barba con la espuma y empezó a afeitarse. El espejo estaba empañado por el vapor del agua caliente y él no podía ver con claridad su imagen. Pasó la mano sobre el cristal para limpiar las diminutas burbujas de agua que no le permitían ver bien. Repentinamente —al mismo tiempo que pasaba la mano sobre aquella superficie azogada—, sintió una extraña sensación de hormigueo que inesperadamente recorrió violentamente su cuerpo de pies a cabeza, como cuando sin querer se mete un dedo en algún enchufe eléctrico y nos vemos víctimas de una leve descarga. Se miró fijamente los ojos enrojecidos en el espejo y sin dar crédito observó sorprendido cómo su imagen le sonreía burlonamente a pesar de que él no estaba sonriendo.

—¡Que diablos! —exclamó para sí, acercándose un poco más al cristal para tratar de encontrar una explicación razonable. Todo parecía normal.

Continuó afeitándose.

De pronto tuvo la impresión de encontrarse más lejos del espejo que al principio, nervioso se inclinó acercándose un poco más, pero se llevó un susto mayúsculo cuando vio que su imagen daba un paso atrás, (a pesar de que él se había acercado al espejo).

—¡Esto es imposible! —dijo en voz alta, retirándose un poco y tratando de convencerse de que aquello era tan sólo una alucinación, un desafortunado efecto de la resaca, pero tan pronto como terminó de pronunciar esas palabras, su imagen en el espejo prorrumpió en carcajadas. Aterrado retrocedió violentamente hasta quedar con la espalda contra la pared, justo a la par del retrete, inmóvil, perplejo y con los ojos desorbitados, sin saber si era mejor salir corriendo del cuarto de baño o quedarse allí, de pie, con la espalda pegada a la pared.

Cerró los ojos y dejó pasar unos segundos, al abrirlos todo parecía normal. Caminó lento y tembloroso hacia el espejo, lo vio de cerca, examinó cada esquina del cristal y miró hacia los lados, no encontró nada que pudiera indicar algo sobrenatural o fenomenológico. Muy despacio y temeroso colocó su mano derecha sobre el espejo. Nada sucedió.

Aquello era inexplicable. —No puede ser que aún esté así de borracho —se reprochó—. Cerró los ojos nuevamente un instante sin retirar la mano del espejo, como tratando de convencerse de que estaba soñando. Al abrirlos nuevamente, no había imagen suya en el espejo. Podía ver todo lo que el espejo reflejaba, pero no podía verse a sí mismo. Asustado retrocedió a trompicones hasta la puerta, tratando de alejarse de aquella pesadilla, sintiendo con más intensidad el hormigueo que poco antes recorriera como latigazo todo su cuerpo.

Convencido de que se estaba volviendo loco y en un afán por aliviar aquella comezón que le afectaba, frotó sus manos con fuerza. Aterrado vio cómo éstas empezaron a volatilizarse, a convertirse en aire, a convertirse en nada. Quiso salir corriendo, pero al intentarlo, sus pies no le respondieron, también empezaron a esfumarse. Entonces pudo notar que a medida que el hormigueo avanzaba por alguna parte de su cuerpo, ésta iba lentamente desapareciendo. Incapaz de hacer algo, incapaz ya de pensar o de realizar cualquier movimiento se vio desaparecer totalmente hasta perder la conciencia.

Hoy, Daniel se levantó temprano, como de costumbre, se duchó de prisa y buscó la espuma de afeitar y la rasuradora que tenía en el botiquín. Recordó un extraño sueño, pero sonriendo se convenció a si mismo de que aquello había sido tan sólo eso, un mal sueño. Después de realizar la rutina de cada mañana, emprendió la marcha hacia la oficina. Caminó por las mismas calles, vio al mismo vendedor de periódicos, se detuvo en el mismo lugar a comprar una taza de café como todos los días. Al llegar saludó a todos como solía hacerlo habitualmente.

—Daniel —le dijo cinco minutos más tarde una de las secretarias que se acercó hasta donde él estaba —el jefe desea hablarle, está molesto y quiere saber porqué no avisó usted que faltaría toda una semana, le estuvimos llamando pero nadie nos contestó. ¿Acaso no escuchó los mensajes que dejamos en su máquina contestadora? Pero... ¿Se siente bien?, se ha puesto pálido de pronto, debería verse en un espejo.

La biblioteca

Don Heraclio llevaba casi 25 años haciéndose cargo de la biblioteca, justamente la edad de Santiago, quien solía visitarlo cada tarde para leer alguno de los libros que el bibliotecario le iba recomendando. Don Heraclio no había pedido el cargo, más bien lo había adquirido por un desafortunado incidente (y como se podrá deducir más adelante), muy en contra de su voluntad. Así tenía que suceder, ya se lo habían advertido, pero ignoró el aviso. Ahora él se lo advertía a Santiago, tal como hacía con todos los *afortunados* y selectos lectores que podían acceder a esa parte de la biblioteca. Así había sucedido con él muchos años atrás.

—No debes sacar nada de ésta sala de la biblioteca, debes leer aquí y dejar los libros en su lugar. Si tienes algo a medio leer, pon un separador que te indique en dónde te has quedado y reanuda la lectura en esa misma página la tarde siguiente. Nadie tocará el libro que tú estés leyendo hasta que lo acabes, yo me encargo de ello. Puedes leer cuanto quieras y de los temas que desees, aprenderás mucho seguramente, pero no saques nada, si lo haces, es muy probable que tengas que escribir sin salir de esta biblioteca durante largo tiempo, no lo olvides. No saques nada.

—Siempre me ha gustado escribir —contestó Santiago, en tono de broma.

—Me alegra escucharlo, pero también se debe ser cauteloso al hablar. Hablar por hablar, no es bueno —sentenció don Heraclio.

Aquella biblioteca era un sitio agradable y cómodo, aunque bastante antiguo, una enorme mansión convertida para tales propósitos desde hacía muchos años y en cuyos incontables salones había áreas perfectamente distribuidas, con libros de toda clase, de todos los temas y de infinidad de autores, conocidos y desconocidos. Se podía leer lo mismo un tratado de filosofía, teoría cuántica o política, que una novela de Günter Grass, Hemingway o Monteforte Toledo, había de todo. Grandes anaqueles cubrían paredes completas en las que era común ver a don Heraclio, subido en enormes escaleras con pequeños rodos, buscando y acomodando libro tras libro. Él conocía cualquier autor sobre el que se le preguntara, incluso los clásicos que muy difícilmente son leídos en la actualidad por las nuevas generaciones.

Aquella tarde, Santiago llegó como de costumbre, pasadas las cinco. La biblioteca permanecía abierta hasta las siete, tenía el tiempo suficiente para leer poco más de una hora o quizás hora y media, a veces más de dos horas. Don Heraclio le permitía incluso leer un rato después de cerrar, luego se marchaba.

El día anterior había estado leyendo las últimas páginas de *Rojo y Negro*, hoy al concluir el libro eran ya casi las ocho.

—Tengo que ir a la parte trasera del edificio —le dijo don Heraclio minutos después de cerrar. —Cuando te marches, deja el libro en su lugar y cierra bien la puerta. Espero verte mañana.

Santiago continuó su lectura hasta terminar la novela de Stendhal que le ocupaba. Luego de reflexionar por unos minutos sobre el desafortunado final del protagonista, se levantó de la silla en la que estaba y se dirigió a colocar la obra en el lugar que le correspondía en el estante del cual la había sacado. No pudo evitar desviar la mirada hacía uno de los libros cercanos, parecía empastado en cuero, el título con letras doradas en el lomo *El libro en blanco* le llamó la atención y lo extrajo. Sin abrirlo, vio para todos lados como esperando que nadie lo estuviera observando. No lo pensó mucho, guardó el libro en su maletín y caminó hasta la salida.

«Qué estupidez». Pensó estando en casa cuando abrió el libro que había sustraído de la biblioteca: tal como rezaba su título, estaba en blanco. Repasó las hojas y las dejó correr una y otra vez de derecha a izquierda y de izquierda a derecha, no logró encontrar palabra alguna. Con actitud desdeñosa lo cerró de golpe y lo dejó caer en el cesto de la basura. Al hacerlo, vio sorprendido cómo el libro iba cayendo dentro del cesto lentamente, en cámara lenta, rebotando un par de veces sobre algunos papeles y finalmente deteniéndose mostrando el título en la parte frontal de la tapa. Santiago sintió una especie de vahído. Pudo ver cómo todo empezó a girar a su alrededor, como si estuviera dentro de una licuadora gigante que mezclaba todo lo que había en su habitación con los anaqueles atestados de libros de la biblioteca. Cuando aquello finalmente se detuvo, Santiago se encontró de nuevo en la misma sala de la que había extraído el *Libro en blanco,* de pie, con el libro en la mano.

—Creo que tendrás mucho que escribir. —Dijo don Heraclio, quien se encontraba justo a sus espaldas.

Santiago lo ignoró, fingiendo no haberlo escuchado se dirigió a otra de las salas que ya le eran harto conocidas, colocó rápidamente el viejo libro en un estante y eligió otro al azar. Se dispuso a leer en una de las mesas cercanas. Don Heraclio lo siguió y colocó aquel libro sobre la mesa en la que el muchacho

64

se había acomodado. Santiago abrió los ojos y pareció sumirse de pronto en un extraño marasmo que de momento no le permitió articular palabra. Aquel libro en blanco que él había dejado caer en la basura, era colocado por don Heraclio sobre la mesa. Era imposible. ¿Cómo había logrado aquel hombre saber de qué libro se trataba? ¿Y cómo pudo saber que él lo había sacado de la biblioteca?

—Fui claro al advertirte que no debías sacar nada de esta biblioteca. Incumpliste tu palabra. Ahora debes asumir la responsabilidad de tus actos. Te recomiendo que tomes este libro que sacaste y empieces a escribir en él. Pero te prevengo, este es un libro, digamos… muy especial. Es un libro pensante, aunque te suene absurdo. Ya tendrás oportunidad se descubrirlo por ti mismo. Si al libro no le gusta lo que escribes en sus páginas, siempre lo verás en blanco. Empezarás a ver lo que has escrito únicamente si el libro así lo aprueba. Tienes treinta días para llenar todas las páginas, ni un día más. Si no lo consigues, yo me veré relevado de mi cargo y tú tendrás que tomar mi lugar en la biblioteca, hasta que alguien más te releve de igual manera. Y créeme, no trato de asustarte, pero puede pasar mucho tiempo, incluso años. No trates de salir porque no lo conseguirás. Y mientras más pronto empieces a escribir, mejor será para ti.

Por un momento Santiago pensó que don Heraclio le estaba jugando una broma de mal gusto. Tomó su maletín y se encaminó a la salida sin volver la vista atrás, don Heraclio lo observó caminar. Al cruzar la puerta, Santiago se encontró en otra de las salas que ya conocía, dio media vuelta pensando que se había confundido y buscó otra salida. La escena se repitió, de nuevo se encontró en otra sala, luego en otra y otra, y otra, hasta perder la cuenta. Todas las puertas comunicaban a salas llenas de estantes y libros, incluso salas que él nunca había visitado, salas que jamás imaginó que existían dentro de aquel caserón. Salas, anaqueles, libros, salas, libros, estantes, salas, salas. Sabía que la salida estaba en algún lugar, pero al ver nuevamente a don Heraclio de pie frente a él, comprendió que no podría encontrarla. Entonces tomó el libro, se sentó y comenzó a escribir.

El abducido

Fermín era un jardinero que creía haber sido abducido por extraterrestres. Todas las tardes, al concluir su jornada y volver a casa, regaba el rosal que tenía plantado en el patio trasero, justo al pie de la ventana de su habitación, luego se dirigía al porche y se sentaba a leer hasta que la luz natural era ya insuficiente. Leía cuanto libro caía en sus manos sobre casos que consideraba similares al suyo. Estaba convencido de que por alguna extraña razón no podía recordar los detalles de su abducción —seguramente me han lavado el cerebro y por eso no recuerdo nada —pensaba.

Una noche, mientras dormía, una luz muy fuerte y blanca entró por el techo de su habitación. Sin que él pudiera hacer o decir nada, fue llevado hasta una gigantesca nave espacial en lo alto. Se encontró de pronto en el centro de una amplia habitación de paredes grises, metálicas. Sintió su corazón latir acelera- damente.

Temeroso dio unos pocos pasos en dirección a lo que le pareció una puerta, pero se detuvo al escuchar una voz grave y gutural cuya procedencia no logró identificar:

«Hermano, por fin te hemos podido rescatar de esos humanos que te lavaron el cerebro para que creyeras que eras uno de ellos».

Hojas de naranjo

Todos los que lo conocían comentaban que ya se habían cansado de que Tadeo les tomara el pelo. Él solía engañar a medio mundo —decían— con la misma broma.

Un domingo, doña Gertrudis, que era la dueña de un pequeño comedor de la localidad, habló con un grupo de muchachos amigos de Tadeo, quienes a pesar de haber sido víctimas del hecho en más de una ocasión, veían el asunto con asombro más que con rabia, les parecía curioso cómo Tadeo lograba hacer aquello. No obstante, doña Gertrudis quería darle un escarmiento y obligarlo a pagar el dinero que según ella, en varias ocasiones le había quedado debiendo como producto de ese truco de mal gusto. Nadie sabía cómo lograba hacerlo, él solía invitar a los amigos a beber o comer, y siempre pagaba con billetes que de tan nuevos, parecían recién salidos de la casa de moneda, pero normales y válidos como cualquier otro billete. Minutos más tarde, cuando el tendero o encargado del lugar afectado abría la gaveta del dinero o la máquina registradora, los billetes con los que Tadeo había pagado ya no estaban, en su lugar, siempre se encontraban unas grandes y verdes hojas de naranjo.

Al principio nadie sabía lo que pasaba con el dinero. Cómo sucedía aquello era un misterio, pero poco a poco fueron notando que el hecho sucedía únicamente cuando el que pagaba era Tadeo; él se despedía y se marchaba rápidamente con la excusa de que debía hacer algo importante, momentos después el dinero ya no estaba.

Doña Gertrudis propuso a los muchachos invitar a Tadeo a comer y a tomar unas cervezas en la casa de alguno de ellos esa misma tarde, con la intención de embriagarlo y hacerle confesar de esa manera su maña y descubrir cómo lograba hacer el *truco*. Cuando él estuviera borracho, sería fácil encerrarlo en alguna habitación y lograr así el cometido —yo corro con los gastos— les dijo, y todos aceptaron rápidamente de muy buena gana, sabiendo además que Tadeo no se negaría ante tan generosa invitación.

Entrada la tarde, Tadeo llegó a casa de Ramón (donde había quedado de reunirse con los demás), ya todos estaban allí, hasta habían empezado el convite desde hacía un buen rato y sin el invitado principal. Tadeo comió y bebió en cuanto llegó. Una cerveza, luego otra, y otra, hasta quedar saciado. Cuando se sintió cansado y con sueño, pidió permiso al anfitrión para descansar un rato en la habitación que minutos antes le había ofrecido, todos pensaron que la ocasión no podía ser mejor para hacer cumplir el plan, hasta lo acompañaron para cerciorarse de que estuviera cómodo. Una vez que Tadeo estuvo adentro, cerraron la puerta con llave y entre risas burlonas le preguntaron —¿Vas a pagar ahora con hojas de naranjo, Tadeo? —Pero él no contestó.

Aquella reunión se prolongó hasta la madrugada, hasta acabar la magnífica dotación que doña Gertrudis amablemente les había concedido con el propósito ya descrito.

La habitación en la que ahora Tadeo se encontraba prisionero, no tenía más que una puerta y una ventana, la puerta estaba con llave y la ventana estaba cubierta por un enorme balcón de hierro forjado, que a todas luces impediría cualquier intento de escapatoria; de tal suerte, todos pensaron que Tadeo no podría salir de ahí hasta que ellos así lo decidieran. La reunión se animó y nadie se percató del paso de las horas. Un profundo sopor que luego atribuyeron al calor y al efecto de la cerveza se apoderó de cada uno de ellos haciéndoles quedar profundamente dormidos y desperdigados por toda la casa.

A la mañana siguiente, fueron a la habitación y tocaron a la puerta varias veces, pero Tadeo no respondió, pensaron que aún estaría borracho y dormido. Con mucho sigilo abrieron y entraron. Sorprendidos vieron que Tadeo ya no estaba. En el suelo y justo en el centro de la habitación, se encontraba plantado un naranjo.

Un compañero inesperado

Llegué a la estación poco antes de las diez de la noche. No había novedades ni cambios en las actividades, excepto, la visita de un amigo de mi compañero de trabajo, quien a decir verdad, no fue de mi agrado cuando éste me lo presentó, se llamaba Facundo. Creo que rondaría los cincuenta años, era flaco y alto, medio calvo y con un fuerte olor a aserrín que se propagó rápidamente por todo el recinto, seguramente trabajaba en una carpintería o algo parecido.

En un principio no quise prestarle mucha atención, y sin saber realmente porqué, su presencia llegó incluso a molestarme, no lo disimulé, pero tampoco creo haber sido descortés con él en ningún momento, no obstante, él parecía esforzarse por ser agradable.

Me dirigí al escritorio y me dispuse a leer el periódico del día, aún y cuando ya supiera muchas de las noticias que iba a encontrar, pero no logré leer mayor cosa, el amigo de mi compañero hablaba tan fuerte al contarle sus historias y andanzas que impedía mi concentración. Sin embargo, poco a poco y sin darme cuenta, me fui interesando por algo de lo que contaba:

«Era una fría noche de noviembre —dijo— primer día de noviembre para ser más exacto. Hará unos quince o veinte años de eso. Por esa época, yo solía trasnochar constantemente. No sé realmente que hora era, pero creo que sería alrededor de la una de la madrugada. Había bebido algunas copas de más y no me quedaba dinero para pagar un taxi. Tampoco tenía un lugar cercano donde esperar el amanecer y como en la madrugada es imposible encontrar un autobús (y más en esa época), decidí caminar a casa intentando recorrer la ruta más corta, aunque ahora no estoy tan seguro de haber tomado la ruta más corta, es más, no sé porqué tomé esa ruta.

Al llegar al edificio de la Tipografía Nacional, me despedí de El Ratón, El hombre de negro, a quien también llamábamos *de grone* (demás está decir que él siempre vestía de negro) y de Rossi, el único al que llamábamos por su apellido y no por un apodo, ahora no recuerdo su nombre de pila, pero si recuerdo que Rossi siempre me pareció un nombre de mujer, más que un apellido; aunque él siempre repitió que era un apellido italiano. Pero bueno, no quiero desviarme de lo que les estoy contando

—dijo, incluyéndome en la conversación—. Caminé desde la Tipografía rumbo a la Avenida Bolívar, tomé la 20 Calle hasta dar con la Avenida del Cementerio, luego buscaría llegar al Trébol y de ahí caminaría por la Calzada Roosevelt hasta llegar a la colonia Carabanchel. He de confesar que nunca había tenido ningún problema con asaltantes o con... bueno, ustedes saben, esa parte de la ciudad no ha tenido muy buena reputación últimamente, pero de alguna manera tenía que llegar a casa. La ruta completa la pensé mientras caminaba de la Avenida Bolívar a la Avenida del Cementerio. Las calles estaban desoladas y el viento soplaba helado, no muy fuerte pero helado. Al llegar a una esquina, me sobresalté al topar inesperadamente con un señor, que al igual que yo, pareció sorprendido. Amablemente me saludó y se disculpó.

—Buenas noches —dijo —disculpe usted. Aunque ya pasa de media noche, creo que sería más apropiado decir buenos días, ¿verdad?

—Eso creo —contesté, tratando de no tambalearme.

—¿Camina usted a menudo por éstas calles? —me preguntó.

—No —respondí, parco.

—Yo voy por aquí cerca.

—Yo a la colonia Carabanchel —dije, aunque él no me lo

había preguntado.

—¡Que coincidencia!, toda mi familia vive por ese rumbo desde hace... bastantes años—. Calló un instante y luego sonrió extrañamente, como recordando épocas lejanas. Yo, sin dejar de caminar, encendí un cigarrillo buscando disimular mi embriaguez. Los minutos empezaron a transcurrir lentamente y la charla se fue prolongando sin que me diera cuenta. Mi inesperado compañero y yo caminamos durante varias calles y aunque en un principio tuve cierta desconfianza de él, poco a poco fui aceptando que no era tan mala idea tener a alguien con quien caminar, incluso para hacer un poco más seguro el trayecto. Los diálogos se fueron sucediendo uno tras otro y hasta le fui tomando cierta confianza al desconocido. Le conté algunas cosas y él me contó unas tantas más.

Una leve brisa empezó de pronto a caer, fría, constante, inesperada, mientras unos perros ladraban melancólicos a lo lejos.

—¡Esos perros! —volvió a hablar —siempre los escucho a esta misma hora cuando salgo a caminar.

—¿A caminar, a esta hora? —pregunté, creyendo que no había escuchado bien.

—Si, a caminar mi distinguido amigo, escuchó usted bien, suelo recorrer estas mismas calles y a ésta misma hora todos los días, desde hace años.

Cómo es posible que a alguien le guste salir a caminar a estas horas —pensé—, este pobre hombre debe de estar loco. Disimuladamente lo vi de reojo y noté que vestía impecablemente: pantalones muy holgados, camisa blanca y corbata delgada a rayas, no llevaba chaqueta ni saco alguno a pesar de que hacía frío. Su vestimenta estaba impoluta, hasta parecía que la fina lluvia que minutos antes había empezado a caer, no lo mojaba. No sé porqué, pero eso me hizo recordar aquel día cuando era niño, vivía en el barrio Gerona y fui con mis amigos de la escuela a buscar renacuajos al ojo de agua que entonces había en un barranco cercano. Pretendíamos conservar en frascos con agua algunos ejemplares de esos diminutos animales para ver el proceso de la metamorfosis en las ranas, pero los renacuajos fueron muriendo uno a uno en pocos días, luego alguien me dijo (no recuerdo quien) que habían muerto por el cloro en el agua en que los coloqué, como ustedes saben, las fuentes naturales y los nacimientos de agua no tienen cloro. El *experimento* no se logró.

Ese día, con la inconciencia y despreocupación que dan los doce o trece años, mis amigos y yo no nos percatamos de que llovía, tres mocosos en calzoncillos corriendo tras aquellas pequeñas presas que no querían dejarse atrapar. La lluvia caía sobre nuestras espaldas y sobre la hierba que rodeaba el ojo de agua, y ese olor a vegetación mojada que llegaba de todas partes invadiendo rápidamente nuestros pulmones. Por cierto, a todos mis compañeros de esa época no los volví a ver con los años, de hecho, no he vuelto a saber de ellos desde hace mucho.

—Disculpe usted que lo distraiga de sus recuerdos de infancia —dijo de pronto mi acompañante —y disculpe que no lo acompañe más, pero mi hogar está justo enfrente —señaló con una mano pálida y delgada la entrada principal del cementerio.

—¿Acaso vive usted en el cementerio? —pregunté sarcástico y medio en broma, al tiempo que salía de mis recuerdos y sorprendido por cómo él sabía que estaba recordando esa época de mi vida.

—Aquí mismo vivo desde hace años.

Definitivamente este hombre está loco —pensé nuevamente. Lo vi caminar lento rumbo al portón de entrada.

—¿Puedo hacerle una última pregunta antes de que entre en su *casa*? —dije, aún incrédulo.

—Las que quiera joven Facundo, las que quiera —ofreció afable.

—¿No le parece tétrico el trabajo de enterrador o velador en un cementerio? —pregunté, con la certeza de que en ningún momento le había mencionado mi nombre.

—A decir verdad —sentenció, —alguien tiene que hacer esos trabajos. Pero no soy ni el enterrador ni el velador; tan solo vivo aquí.

—¿Y no le da miedo entrar en el cementerio a estas horas? —Volví a preguntar.

—Debo confesarle que me daba miedo antes —hizo una pausa y caminó hasta mí, poniendo aquella mano pálida y helada sobre mi hombro, luego concluyó —pero eso era... cuando aún vivía».

Peralta

Peralta era el encargado de limpiar y reemplazar cada maniquí de la tienda cuando éstos estaban dañados, o cuando se necesitaba hacer algún diseño especial en los aparadores. Todos lo conocían sólo por Peralta, aunque en realidad se llamaba Justo, Justo Peralta. Llegó a Buenos Aires buscando a un amigo suyo al que nunca localizó. Sin trabajo, sin dinero, sin familia y sin conocer a nadie. Y se quedó aquí.

Como no tenía donde vivir, pensó aceptar cualquier empleo que le ofrecieran para poder subsistir. Luego buscaría algo mejor.

Esa primera tarde en la ciudad, mientras recorría el Mercadillo de la Recoleta, cerca de la entrada al Museo Nacional de Bellas Artes, un anciano que caminaba con cierta dificultad, apoyándose en un viejo bastón de metal con punta de caucho, se le acercó.

—¿Has venido por lo del certamen? —Le preguntó, señalando aquella tela azul en la que se leía *"Certamen Ibero-*

americano de Pintura 2003".

—No, —contestó Peralta—, más bien estoy buscando trabajo y un lugar dónde pasar la noche, yo no sé pintar, solo me detuve un momento para ver este monumento— dirigió la mirada hacia aquellas dos figuras puntiagudas (una azul y la otra roja) que estaban enfrente y en las que él pudo adivinar una suerte de rasgos extrañamente humanos. Ni siquiera buscó la placa que suelen tener los monumentos para indicar el nombre, tan sólo las vio unos instantes y continuó caminando. Se dirigió despacio hasta una de las áreas verdes cercanas. Una canción de Silvio Rodríguez se escuchó en la voz de un músico que cantaba para unos cuantos que tirados en la hierba, dejaban a la modorra hacer de las suyas.

—Yo puedo ayudarte —volvió a hablar el anciano mientras Peralta se alejaba. Este se detuvo y escuchó el ofrecimiento que el anciano le hizo.

Esa noche, Peralta durmió en la bodega de una tienda de la avenida Rivadavia.

—Será sólo por unos días —dijo Peralta. Pero pasadas unas semanas, se acostumbró al lugar y se quedó allí haciéndose de un empleo.

—No te enamores de un maniquí —bromeó el anciano cuando supo la noticia de que peralta se quedaría en aquel lugar que él le había conseguido provisionalmente. Se habían vuelto amigos y se reunían de vez en cuando para tomar el té.

Peralta sonrió sin contestar y se marchó a comenzar la tarea de ordenar los brazos y piernas de madera que había en distintas cajas por toda la bodega. Las pelucas las acomodaba en un solo sitio, la ropa más allá y los accesorios más al fondo. Era meticuloso en su quehacer.

Un domingo por la tarde, aquel anciano vino a ver a Peralta y lo invitó a almorzar. Hacía poco más de un año que se conocían y había que celebrarlo.

Durante el almuerzo, mientras conversaban, Peralta aprovechó para mostrarle el reloj de pulsera que le habían regalado sus compañeros de la tienda pocos días antes, por su cumpleaños, era un reloj barato, pero Peralta lo lucía con orgullo porque se lo habían dado como presente sus amigos, también aprovechó para relatarle el sueño aquel que había tenido tres o cuatro noches atrás, y que desde entonces lo había mantenido perturbado: «Era tan real —le dijo —sus manos tocaban mi cara y repetía que me amaba, que quería estar a mi lado para siempre, ¡se veía tan bella! Usted debe saber de éstas cosas».

El anciano escuchó con paciencia el relato y con una apacible sonrisa le respondió que evidentemente había sido sólo un sueño, algo bonito, pero que pasaría, sería mejor olvidarlo. Peralta asintió diciendo que lo haría, pero que ciertamente le costaría trabajo. El sueño había sido tan real, tan humano, que sentía como si de verdad lo hubiera vivido.

Los días pasaron y el anciano no volvió a saber de Peralta en mucho tiempo, éste ya no lo llamaba por teléfono, ni lo buscaba para tomar el té como antes. Decidió entonces buscarlo para saber cómo estaba y cómo le iba con el trabajo.

Llegó hasta la bodega y tocó en la puerta que daba al callejón trasero; era la puerta que Peralta usaba para entrar y salir de la bodega. El cuarto donde dormía se encontraba de ese lado. Tocó repetidamente y dejó pasar algunos minutos, pero al no obtener respuesta, decidió marcharse. En ese momento, Peralta, visiblemente agitado y sudoroso, abrió de golpe la puerta.

—¡Peralta! —dijo el anciano sorprendido —pensé que no estabas.

—Disculpe —contestó éste —es que mi novia está conmigo, usted sabe... pero pase, se la voy a presentar.

El anciano entró a la bodega, siguiendo a un Peralta pálido y sumamente flaco; él nunca lo había visto así desde que lo conocía (un año no era mucho tiempo, pero si lo suficiente para notar el cambio físico que se operaba en él). Tenía los ojos hundidos y la piel de los pómulos como si fuera una tela casi transparente pegada al hueso.

Caminaron por un pasillo oscuro en el que había cajas de diferentes tamaños amontonadas a ambos lados. Una toalla cubría los cristales de la única ventanita que existía en la pared del lado que daba a la calle. Al fondo estaba el cuarto.

—Le suplico que disculpe el desorden —dijo —no hemos tenido tiempo de limpiar y arreglar un poco el lugar.

Al abrir la puerta, el anciano, sumamente contrariado, no pudo ver más que ropa sucia, platos y algunas cosas regadas por el suelo. En un colchón yacía de lado un maniquí.

—¿Dónde está tu novia? —preguntó.

—Cállese, que se ha dormido —contestó Peralta bajando el tono de su voz —no ha descansado muy bien últimamente —se llevó el dedo índice a la boca.

—Pero, ¿el maniquí es tu novia? —inquirió sonriendo el anciano.

—Cállese, no hable muy fuerte —insistió Peralta —ella es real, tan real como usted o como yo, ¡qué bueno que se ha dormido para que no lo escuche hablar así!, eso podría lastimarla,

¿verdad que es bella?

El anciano, visiblemente sorprendido, pero con la paciencia de siempre, se sentó en la única silla que encontró y conversó largamente con Peralta. Le escuchó relatar cómo ella venía por las noches, cómo le amaba cuando no había nadie más. Ella le había prometido permanecer a su lado para siempre —a partir de mañana, a partir de mañana—. Esbozó Peralta.

El anciano se dio cuenta de que Peralta realmente creía lo que decía. Trató de convencerle de que aquello era irreal y de que estaba viviendo una fantasía —debes ver a un médico —le aconsejó. Pero fue en vano; no logró conseguir nada. Peralta insistía en que aquello era verdadero, y que pronto se casaría con su amada; más pronto de lo que él pudiera imaginar. Entrada la noche, cansado y preocupado, el anciano se marchó a casa.

A la mañana siguiente, muy temprano, decidido a internar a Peralta en un hospital, el anciano llegó a la bodega acompañado de dos enfermeros. La puerta estaba cerrada y por más que tocaron una y otra vez, nadie abrió. Acudieron entonces a la puerta principal de la tienda. Después de explicar el asunto al encargado, le pidieron que abriera la bodega. Éste, incrédulo y sonriente, accedió. La noticia se propagó rápidamente por todo el local, todos los empleados empezaron a especular queriendo ver al infeliz que había perdido la cordura. Varios fueron acompañando a los enfermeros para saciar su curiosidad. Se dirigieron a la parte trasera, en dirección a la bodega, luego al pasillo que conducía al cuarto donde debía estar Peralta. Sin tocar antes de entrar, abrieron la puerta que no opuso resistencia y todos observaron la escena: dos maniquís con traje de nupcias que parecían descansar, absurdamente enamorados sobre el colchón. El anciano, sin saber qué decir, y creyendo percibir una extraña sonrisa en aquel novio de madera, se acercó y revisó bajo la manga del frac; luego preguntó a los presentes si reconocían aquel reloj de pulsera.

Índice

www.ingramcontent.com/pod-product-compliance
Lightning Source LLC
Chambersburg PA
CBHW050833180626
46814CB00004B/1595